Nereide S. Santa Rosa

Machado de Assis

Ilustrações de Aragão

callis

2ª edição, 2015

Texto adequado às regras do novo Acordo Ortográfico da Língua Portuguesa

Coordenação editorial: Miriam Gabbai

Editora assistente: Áine Menassi

Revisão: Ricardo N. Barreiros

Projeto gráfico e diagramação: Ana Luiza de Paula

CIP-BRASIL. CATALOGAÇÃO-NA-FONTE
SINDICATO NACIONAL DOS EDITORES DE LIVROS, RJ.

S222m
2. ed.

Santa Rosa, Nereide Schilaro, 1953-

Machado de Assis / Nereide Schilaro Santa Rosa ; ilustração Aragão. - 2. ed. - São Paulo : Callis Ed., 2015.
40 p. : il. ; 23 cm. (Biografias brasileiras)

ISBN 978-85-7416-998-9

1. Assis, Machado de, 1839-1908 - Literatura infantojuvenil. 2. Escritores brasileiros - Biografia - Literatura infantojuvenil. I. Aragão (Ilustrador). II. Título. III. Série.

14-18685 CDD: 928.699
15/12/2014 15/12/2014 CDU: 087.5

ISBN 978-85-7416-998-9

Impresso no Brasil

2015
Callis Editora Ltda.
Rua Oscar Freire, 379, 6º andar • 01426-001 • São Paulo • SP
Tel.: (11) 3068-5600 • Fax: (11) 3088-3133
www.callis.com.br • vendas@callis.com.br

A todos que encontram a felicidade, mesmo que ela esteja numa simples folha de papel em branco.

Nereide

Vale a pena explicar...

Nos últimos 160 anos, desde o nascimento de Joaquim Maria Machado de Assis, muito se escreveu e pesquisou sobre sua vida. Mas sua infância e juventude sempre foram pouco conhecidas... O próprio Machado colaborou para isso quando colocou fogo em suas anotações sobre esse período. Para os pesquisadores e biógrafos, obter informações desse período foi, e continua sendo, um desafio. De vez em quando, surge um novo dado que desmente o anterior...

Muitos biógrafos também se basearam na obra de Machado, mas não existem informações de que sua obra seja autobiográfica.

Nossa pesquisa foi baseada nos mais bem conceituados biógrafos e pesquisadores machadianos, e nossa preocupação maior foi a de fornecer aos leitores informações sobre a vida de Machado de uma forma adequada e verdadeira, numa linguagem acessível, contextualizando-o na época e na literatura brasileira.

A autora

No Morro do Livramento, na cidade do Rio de Janeiro, numa modesta casa, nasceu, em 1839, um grande escritor brasileiro: Joaquim Maria Machado de Assis, filho de Francisco José de Assis e Maria Leopoldina Machado de Assis. A casa ficava no número 131 da Rua Nova do Livramento, no sopé do morro.

Naquela época, o Rio de Janeiro era a capital do Império. Tinha cerca de 300 mil habitantes, muitos de origem portuguesa, mas era grande o número de escravos. O trabalho escravo era fundamental para a economia da época, baseada em produtos agrícolas como o açúcar, o fumo e o café. Praticamente todos os produtos consumidos na cidade eram importados: de camisas a cebolas!

O Rio de Janeiro era uma cidade com sérios problemas de higiene, as doenças eram frequentes e matavam muitas pessoas. O próprio Machado escreveu sobre problemas: "as chuvas alagam a cidade porque as valas estão sempre entupidas".

A rede de esgoto era precária, apenas quatro canais despejavam a sujeira no mar e no mangue. Não havia água encanada nem fossas sanitárias. Os escravos carregavam em caixas de madeira os dejetos de cada casa para jogá-los no mar. Todos se afastavam deles quando os viam transportando "encomendas tão preciosas".

O transporte era feito por carruagens e bondes puxados por animais. Andava-se a cavalo ou a pé! Anos mais tarde, foi inaugurado um serviço de barcas que servia bairros como São Cristóvão, Caju e Botafogo.

A iluminação era feita com lampiões a azeite, o que deixava a cidade mergulhada na penumbra e nas sombras.

Nos morros localizados no centro do Rio de Janeiro encontravam-se moradores importantes: militares, religiosos e famílias ricas de origem portuguesa. Eram chácaras com casas grandes e confortáveis.

Uma dessas chácaras, ainda do tempo de D. João VI, era imensa. Pertenceu a uma família de origem portuguesa desde meados de 1700. Essa propriedade foi vendida várias vezes até ser comprada por uma senhora chamada Ana Teresa, que tinha como administrador um militar muito competente, Bento Barroso Pereira. Ele mandou abrir algumas ruas em torno da propriedade, entre elas a Rua Nova do Livramento, e ganhou de Ana Teresa, como recompensa, uma parte da propriedade.

Bento Barroso Pereira foi ministro da Guerra, ministro da Marinha e senador do Império. Casou-se com Maria José que, ao ficar viúva, passou a ser a única dona da chácara do Livramento.

Maria José possuía escravos e agregados, isto é, pessoas que moravam na propriedade em troca de trabalho. Entre esses agregados estava Maria Leopoldina, mãe de Machado de Assis. Ela nasceu em Ponta Delgada, cidade da ilha de São Miguel, no arquipélago dos Açores, em Portugal, e veio para o Brasil ainda menina. Tornou-se rendeira e bordadeira, fazia trabalhos manuais e sabia ler e escrever, algo raro para as pessoas daquela época. Segundo alguns pesquisadores, foi Maria Leopoldina quem ensinou as primeiras letras ao filho.

Ela conheceu Francisco José, neto de escravos alforriados, pintor de paredes e dourador que frequentava a chácara onde ela morava. Com ele se casou aos 26 anos de idade, em 1838. O casal era muito querido e protegido pela proprietária da chácara, D. Maria José, que se tornou madrinha do pequeno Joaquim Maria, o primeiro filho do casal.

Como afilhado de D. Maria José, Joaquim sempre frequentava a sua casa. Aliás, gostava de ficar na casa grande da chácara, onde tudo era silêncio e sossego. Observava tudo a sua volta, os adultos e seus problemas, os garotos de sua idade, também descendentes de escravos, travessos e levados. Andava de pés no chão pelos caminhos de terra, talvez descobrindo ninhos de pássaros ou perseguindo lagartixas, como mais tarde imaginou para seu Brás Cubas.

Joaquim sentia frequentes tonturas e vertigens, que o deixavam quieto e pensativo. Sua doença, a epilepsia, já se manifestava.

Joaquim teve uma irmã. Ela se chamava Maria e faleceu com apenas três anos de idade, vítima de uma epidemia de sarampo. As péssimas condições de higiene da cidade continuavam a fazer muitas vítimas.

Mas nem tudo era triste!

É sabido que seu pai era assistente de uma enciclopédia da corte do Rio de Janeiro, chamada *Almanaque Laemmert*. É bem provável que Joaquim tenha lido muitas histórias especialmente difíceis de entender para crianças de sua idade, mas que foram despertando e enriquecendo seu espírito.

Um dia lhe perguntaram:

"Quem nasceu primeiro: o ovo ou a galinha?"

Esperto, Joaquim respondeu:

"O galo."

Seus amigos não aceitaram a resposta, ao que ele argumentou:

"Mas quem nasceu antes de Eva e Caim? Adão!"

Sua cultura, adquirida com dificuldade na infância e fruto de sua curiosidade, permitia discutir e analisar os fatos de uma forma muito mais intensa que seus colegas. Escreveu, anos depois, algumas referências escolares, como se houvesse frequentado a escola regularmente:

"E eu na escola, sentado, as pernas unidas, com o livro de leitura e gramática nos joelhos." (Conto de escola)

Para ganhar algum dinheiro, Joaquim foi tocar sino numa igreja perto da Praça da Constituição. Tornou-se coroinha.

"Eu fui criado com sinos, com esses pobres sinos das nossas igrejas."

Em 1849, sua mãe morreu de tuberculose. Joaquim tinha apenas dez anos e sofreu bastante. Sentia saudades dela.

"... lembro-me bem, brincava eu ainda com as flores, ainda achava bonitas as conchinhas do mar; a alegria era irmã do meu coração, o riso era sempre o companheiro dos meu lábios! Chamavam-me então de criança. Tinha eu ainda minha mãe, a quem adorava como a única santa que conhecia no mundo..."

Joaquim Maria vivia em um lugar pobre e carente das mínimas condições para uma vida saudável. O pequeno garoto achava a distante vida intelectual da corte fascinante. Seu maior desafio era superar os limites que a vida lhe impunha. A sua vontade de vencer era muito grande. Joaquim percebeu então que o seu mundo devia se expandir... que poderia ampliar seus horizontes, buscando o seu lugar na sociedade.

As dificuldades com a saúde e sua precária situação financeira não desencorajavam Joaquim de realizar seu sonho: ser poeta.

Ele e seu pai mudaram-se para São Cristóvão, para a Rua São Luís de Gonzaga, nº 48. Quase todos os dias, viajava na barca que ligava seu bairro ao centro do Rio de Janeiro. Segundo dizem, com apenas 13 anos,

"mergulhado na leitura, partia de manhã e retornava à tarde, sem levantar os olhos, indiferente às pessoas, aos incidentes de viagem, à beleza da baia". (Jean Michel Massa)

Em 1854, seu pai casou com uma senhora chamada Maria Inês. Logo depois faleceu.

Joaquim Maria morou por algum tempo com sua madrasta, que trabalhava como doceira no Colégio das Menezes. As donas do colégio vendiam as balas e os doces que Maria Inês fazia. Joaquim, então, foi trabalhar como vendedor de doces para ajudar no sustento da casa. Assim frequentava o colégio onde convivia com crianças ricas. É provável que tenha assistido a algumas aulas como aluno ouvinte.

Nessa época, o pequeno Joaquim também frequentava a casa da família Gallot, onde teve a oportunidade de aprender a língua francesa. Certos biógrafos afirmam que nesse local havia uma padaria, onde o padeiro lhe ensinava francês regularmente, mas nada é comprovado. O que sabemos ao certo é que Joaquim sabia francês e, mais tarde, aprendeu latim e inglês.

Joaquim Maria saiu do subúrbio e descobriu um novo mundo, uma nova cidade dentro do próprio Rio de Janeiro. Descobriu a Rua do Ouvidor, centro elegante da cidade, onde tudo acontecia, as novidades, a moda, a vida intelectual...

Na Praça da Constituição, conheceu a casa do editor Francisco de Paula Brito, onde funcionava uma tipografia, uma editora e uma livraria. É quase certo que lá se empregou de caixeiro e tipógrafo. Nesta profissão, ele manipulava letras de chumbo, montando os textos para a gráfica. Dessa forma, necessariamente tinha de ler e, principalmente, entender o texto para montá-lo. Se realmente trabalhou por um certo tempo nessa profissão, com certeza deve ter tido muito prazer por estar tão próximo de tudo aquilo de que mais gostava: as letras, as palavras, as frases, o texto.

Também lhe atraía a conversa, a oportunidade de ter contato com escritores e intelectuais como Manuel Antônio de Almeida, autor de *Memórias de um sargento de milícias*, e Joaquim Manuel de Macedo, autor de *A Moreninha*.

Seus hábitos foram mudando: sua postura, suas roupas, seu modo de falar, controlava cada vez mais sua gagueira. Joaquim Maria estava se tornando Machado de Assis.

Sobre o seu primeiro texto publicado, muitos pesquisadores dizem ser o poema chamado *Ela*, e outros pesquisadores afirmam ser o poema chamado *A palmeira*. Mas, em 1972, foi descoberto por J. Galante de Sousa um poema chamado *Soneto*, publicado por Machado de

Assis num pequeno jornal chamado *Periódico dos Pobres*, em outubro de 1854. Veja aqui um trecho:

> *Quem pode em um momento descrever*
> *Tantas virtudes de que sois dotada*
> *Que fazem dos viventes ser amada*
> *Que mesmo em vida faz de amor morrer!*

Paula Brito era o dono da editora que publicava o jornal *Marmota Fluminense*. Nesse jornal, Machado de Assis, com apenas 15 anos, publicou *Ela*. Era janeiro de 1855.

Seus olhos que brilham tanto,
Que prendem tão doce encanto
Que prendem um casto amor
Onde com rara beleza,
Se esmerou a natureza
Com meiguice e com primor.
(...)

(Trecho do poema Ela*)*

Logo publicou mais um poema, chamado *A saudade* e, depois, *A palmeira*, que diz na segunda estrofe:

Tenho a fronte amortecida
De pesar acabrunhada!
Sigo os rigores da sorte,
Nesta vida amargurada.

Na casa de Paula Brito se reunia um pequeno grupo de jovens, que lá fundaram a "Sociedade Petalógica", da qual Machado também participava. Esse grupo criticava os mentirosos. Por isso o nome "petalógico", pois peta quer dizer mentira! Utilizando a sátira e a ironia, os "petalógicos" usavam a mentira para combater a mentira. Discutiam com o seu público os problemas cotidianos da cidade,

como, por exemplo, as estradas de ferro, a iluminação a gás, a construção de teatros.

Machado de Assis também frequentava a casa de um poeta e advogado chamado Caetano Filgueiras. Lá, junto com Francisco Braga, Macedo Júnior e Casimiro de Abreu, discutia e analisava literatura.

Outro lugar onde ia frequentemente era à biblioteca do Real Gabinete Português de Leitura, onde havia cerca de 15 mil livros. Suas obras prediletas eram a *Bíblia*, *Dom Quixote*, *Hamlet* e *Prometeu*.

Durante o ano de 1855, publicou 16 poemas e, no seguinte, publicou mais seis, sempre no mesmo jornal, o *Marmota Fluminense*.

Embora trabalhando com Paula Brito, é quase certo que Machado de Assis tenha ido procurar um outro emprego, mais seguro e estável. Foi trabalhar como tipógrafo na Imprensa Nacional. Conta-se que Machado de Assis foi repreendido por seu chefe de seção devido ao fato de ler e reler livros durante o trabalho. Seu chefe foi contar ao diretor, mas, como este era um escritor, entendeu a fofoca como um elogio e não como um problema. Tornaram-se amigos e Machado não levou nenhuma bronca.

Desde a sua primeira poesia, por diversas vezes Machado utilizou pseudônimos, ou seja, diferentes assinaturas para seus textos:

Assis
M.
A.
M.A.
Gil
Dr. Semana
Millies
Manassés
Sileno
Cham (baseado nas quatro primeiras letras de Machado)

A partir de 1858, aos 19 anos de idade, começou a publicar textos críticos sobre obras literárias. Machado de Assis escrevia sobre o papel do escritor, a literatura brasileira e o teatro. A crítica teatral foi uma de suas publicações mais constantes em jornais.

A essa altura, Machado de Assis já publicava poemas e textos em outros jornais. Foi redator e jornalista do *Correio Mercantil* e depois voltou a trabalhar com Paula Brito, como revisor. No jornal *O Espelho*, Machado de Assis já tinha uma coluna permanente onde escrevia crítica teatral.

Para ele, o jornal era: "um sintoma de democracia... a literatura comum, universalmente aceita..."

Em 1860, trabalhou como redator do jornal *Diário do Rio de Janeiro*.

Além de criticar peças teatrais, Machado de Assis começou a escrevê-las: *Hoje avental, amanhã luva*; *Desencantos*; *O caminho da porta*; *Gabriela*; *O protocolo*. Sobre o teatro, ele dizia:

"... em face do teatro, o homem vê, sente, palpa; está diante de uma sociedade viva..."

Sobre suas peças, Quintino Bocaiúva escreveu: "Suas peças são para serem lidas e não representadas".

Assim, Machado compreendeu a sua verdadeira vocação: escrever e escrever. Para isso, encontrou cada vez mais espaço em jornais e revistas.

Nessa época, Machado estava impressionado com uma atriz chamada Gabriela da Cunha, e para ela escreveu o poema "Versos a Corina".

O jovem Machado esteve apaixonado várias vezes, mas esses amores serviram somente como fontes de inspiração ao jovem poeta. Ainda iria encontrar seu grande amor.

Em 1864, Machado publicou o seu primeiro livro de poesias: *Crisálidas*. O livro foi recebido com elogios, mas Machado de Assis ainda não estava contente. Tinha consciência de que podia e devia melhorar muito para se tornar um grande poeta. Seu ídolo era Gonçalves Dias, um importante poeta brasileiro.

Em 1866, começou a escrever para o *Diário de São Paulo*. Seu prestígio já era considerável.

No ano seguinte, em fevereiro, Machado de Assis conheceu Castro Alves, um jovem poeta baiano que acabava de chegar ao Rio de Janeiro.

Em 1868, chegou ao Rio a irmã do poeta e amigo Faustino Xavier de Novais, que estava muito doente. Chamava-se Carolina. Era uma portuguesa bonita e, segundo alguns, sedutora. Carolina tinha 33 anos de idade. Logo conheceu Machado de Assis, que era quatro anos mais novo que ela. Durante a doença de Faustino,

eles se corresponderam constantemente, até que se apaixonaram. Em uma de suas cartas, Machado escreveu:

"Amamo-nos, e eu vivo e morro por ti..."

Com a morte de Faustino, Machado ficou mais próximo de Carolina, namoraram e logo marcaram o dia do casamento. Mas faltava dinheiro para comprar casa, móveis e tudo mais. Além disso, é quase certo que esse casamento não agradava à família de Carolina. É provável que o preconceito por Machado ser mulato fosse muito forte, mas o amor dos dois a tudo suportou.

Machado resolveu fazer um contrato com o editor Garnier para dois livros: *Contos fluminenses* e *Falenas*, por 200 mil-réis cada um. Mas não era o bastante. Machado de Assis buscou a ajuda de seus amigos, entre eles, Francisco Ramos Paz:

"Ajuda-me Paz; eu não tenho ninguém que o faça. Conselhos, sim; serviços, nada.", escreveu Machado.

E assim, auxiliado por amigos, conseguiu arrecadar dinheiro suficiente para ter uma casa. Casaram-se em 12 de novembro de 1869.

Conta-se que logo após o casamento, Machado teve uma crise de epilepsia. Carolina levou um grande susto, pois dizem que ela não sabia de sua doença. Entretanto, foi muito atenciosa e compreensiva, apoiando-o em todos os momentos.

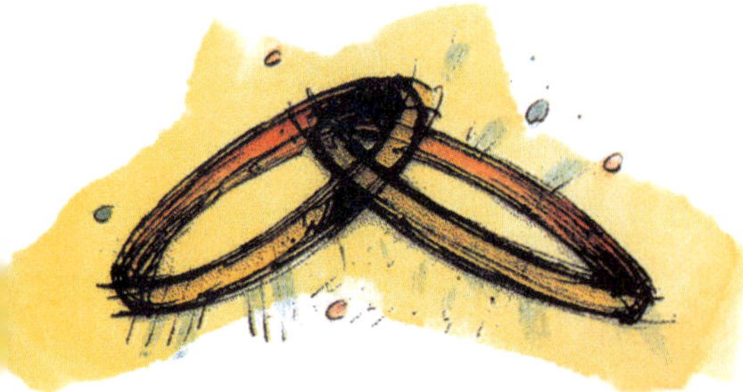

O casamento deles era feliz. Tinham uma casa organizada, simples. Machado era marido caseiro e Carolina cuidava dele com carinho e dedicação. Costurava suas roupas como faziam todas as mulheres da época. Mas o que mais gostava de fazer era passar a limpo os textos que Machado escrevia, sugerindo palavras ou corrigindo alguma gramática. Era sua fiel assistente.

Tudo isso colaborava para que Machado tivesse tranquilidade para escrever e estudar. Em 1870, Machado lia inglês com facilidade, chegando a traduzir algumas obras.

Mas, carregava consigo, lá no fundo do coração, suas mágoas. O preconceito sofrido por ser mulato, a epilepsia e, além disso, a gagueira.

Certa ocasião, conversava fluentemente com uma atriz famosa da época. Ao perceber sua fluência, a atriz comentou:

"Tinham-me dito que o senhor era muito gago e, no entanto, vejo que fala muito bem!"

Machado se descontrolou e começou a gaguejar, respondendo:

"Calúnia... A mim também me avisaram de que a senhora era muito estúpida, e vejo que não é tanto!"

Machado era um devorador de livros, e sua produção intelectual era imensa: tinha método e dedicação. Na verdade, sua vida era escrever!!!!

Algumas características de seu futuro estilo já estavam presentes em seus contos: a forma de dialogar com o leitor, a presença feminina, a ironia, a elegância, o equilíbrio e a clareza.

Além de escrever muito, Machado trabalhou como funcionário público. Foi nomeado primeiro-oficial da Secretaria do Estado do Ministério da Agricultura, Comércio e Obras Públicas.

Em 1878, publicou o romance *Iaiá Garcia*. Nesse livro, Machado escreveu a história de dois jovens, Jorge e Estela, que se amam, mas são impedidos de se casar devido às diferenças sociais que os cercam. A partir daí são desenvolvidas várias situações envolvendo esses personagens: entram em cena a Guerra do Paraguai, o marido de Estela, a sua filha Iaiá Garcia, um amigo de Jorge... E assim a trama foi desenvolvida, envolvendo segredos, amor, paixão e ciúme.

Carolina e Machado já estavam casados há quase dez anos. Por essa época, Machado ficou doente e, por ordem médica, teve que tirar uma licença. Viajou para Friburgo. Estava proibido de ler e escrever, mas Carolina escrevia o texto que Machado lhe ditava.

E assim sua primeira grande obra nasceu: *Memórias póstumas de Brás Cubas*, em que o personagem, já morto, conta

sua história. Essa obra marcou o início do Realismo na literatura brasileira.

Machado inovou, provocou e conquistou seus leitores. Estava cada vez mais próximo da consagração. Sua forma de entender o mundo fazia com que a sua escrita ficasse cada vez mais madura. Escreveu o livro de contos *Papéis avulsos*, onde constam verdadeiras obras-primas de nossa literatura.

Em 1882, tirou férias e foi a Friburgo novamente. Lá não parou de estudar e aproveitou para aprender alemão.

Em 1883, Machado e Carolina moravam na Rua Cosme Velho, nº 18, onde ficariam até morrer. Tinham uma cachorrinha chamada Graziela. Carolina fazia sopinhas de leite para ela comer e casaquinhos de lã para ela vestir. Quando Graziela morreu, de velhice, tiveram um gatinho preto, presente de uma vizinha, para quem Machado escreveu uma carta em nome do gatinho:

> *"D. Alba,*
> *Só agora posso pegar da pena e escrever-lhe para agradecer o obséquio que me fez dando-me de presente ao velho amigo Machado… Corro para ele sem receio, subo aos joelhos e às costas, ele coça-me, diz-me graças, e se não mia como eu é porque lhe custa…"*

Aos 47 anos de idade, Machado de Assis estava consagrado como o maior escritor brasileiro. Após completar 22 anos da publicação de *Crisálidas*, sua primeira obra editada, seus amigos o homenagearam com uma grande festa no restaurante do Hotel Globo, no Rio de Janeiro, com a presença de toda a sociedade e de intelectuais da cidade. Era 6 de outubro de 1886. Dois anos depois, recebeu o título de Comendador da Ordem da Rosa. Em 1867, já havia recebido de Dom Pedro II o Grau de Cavaleiro da Ordem da Rosa, por serviços literários prestados à pátria.

Sua vida de funcionário público progrediu. Em 1889, foi promovido a diretor da Diretoria do Comércio e, três anos mais tarde, tornou-se Diretor-geral da Viação.

Um ano antes, em 1891, publicou *Quincas Borba*. Nesse livro, Machado conta a história de um professor mineiro chamado Rubião que recebe a herança do filósofo Quincas Borba. Rubião se apaixona por Sofia, uma mulher casada, se envolve em situações confusas, enlouquece e morre, pronunciando a frase: "Ao vencedor, as batatas". Na época essa frase ficou muito popular.

Foi nesse tempo que um grupo de escritores fundou a Academia Brasileira de Letras, conforme o modelo da Academia de França. Eles se organizaram e conseguiram apoio do governo. No dia 15 de dezembro de 1896, às três horas da tarde, na Travessa do Ouvidor, nº 31, foi feita a primeira sessão preparatória da Academia Brasileira de Letras, e Machado de Assis foi aclamado seu presidente. A sessão inaugural iria se realizar a 20 de julho de 1897. Machado de Assis estava consagrado. Seu nome ficaria para sempre escrito entre os maiores e mais importantes escritores do Brasil, sendo reconhecido e valorizado até mesmo em outros países.

Mas o tempo passava, e sua saúde não ia bem, sucedendo-se crises de epilepsia. Estava com 60 anos. Idade avançada para aquela época. Levava uma vida metódica: acordava antes das seis horas, passeava no jardim, escrevia em seu gabinete, lia seus autores preferidos, como Pascal e Schopenhauer, além dos jornais, almoçava, tomava o bonde, ia para o trabalho onde ficava até três horas da tarde. Depois, passava na editora e voltava para casa.

Nessa época, escreveu *Dom Casmurro*, outra obra muito importante publicada em 1899. Seu personagem principal, Bentinho, conta a história de seu amor por Capitu. Nesse romance os personagens são envolvidos numa trama de ciúme. Sabe-se que o ciúme é um sentimento que sempre aparece nas obras de Machado de Assis. Será que ele era um homem ciumento?

Machado de Assis criava muitos personagens e gostava de descrever o ambiente, as cenas, as paisagens onde seus personagens viviam. Mas, para ele, o mais importante era o perfil interior de seus personagens: a personalidade e o comportamento.

Nos anos seguintes, Machado de Assis escreveu *Poesias completas* e *Esaú e Jacó*, seu penúltimo romance, onde conta a história de dois irmãos gêmeos e suas desavenças.

Em 1904, sua amada Carolina faleceu. Foi sua esposa por 35 anos. Machado ficou inconsolável:

"Tudo me lembra a meiga Carolina. Como estou à beira do eterno aposento, não gastarei muito tempo em recordá-la. Irei vê-la, ela me esperará."

Machado recebeu uma homenagem especial da Academia Brasileira de Letras: um troféu com o formato de ramo de carvalho, enviado de Roma, na Itália, por Joaquim Nabuco. Esse pequeno símbolo, chamado de "Ramo do Carvalho de Tasso", marcava sua carreira, sua

contribuição e sua dedicação à literatura brasileira. Foi guardado numa pequena caixa na Academia Brasileira de Letras. Escreveu Machado:

"Uma das melhores relíquias da minha vida literária é aquele galho do carvalho de Tasso que Joaquim Nabuco me mandou há três anos por intermédio do Graça Aranha, e este me entregou em sessão de nossa Academia Brasileira."

Machado de Assis faleceu em 29 de setembro de 1908, não antes de publicar seu último romance, *Memorial de Aires*, onde homenageou sua querida Carolina. Nessa obra sentiu necessidade de mostrar que ainda existia uma chance ao Homem: a chance de ser feliz amando.

Joaquim Maria Machado de Assis escreveu o Brasil para os brasileiros.

Suas últimas palavras foram:

"A vida é boa..."

Poesia

Crisálidas	1864
Falenas	1870
Americanas	1875
Poesias completas (incluindo Ocidentais)	1901

Romance

Ressurreição	1872
A mão e a luva	1874
Helena	1876
Iaiá Garcia	1878
Memórias póstumas de Brás Cubas	1881
Quincas Borba	1891
Dom Casmurro	1899
Esaú e Jacó	1904
Memorial de Aires	1908

Conto

Contos fluminenses	1870
Histórias da meia-noite	1873
Papéis avulsos	1882
Histórias sem data	1884
Várias histórias	1896
Páginas recolhidas	1899
Relíquias de casa velha	1906

Teatro

Queda que as mulheres têm para os tolos	1861
Desencantos	1861
Hoje avental, amanhã luva	1861
O protocolo	1862
Quase ministro	1863
Os deuses de casaca	1865
Tu, só tu, puro amor	1881
Teatro coligido (incluindo Não consultes médico e Lição de botânica)	1910

Obras póstumas

Crítica	1910
Outras relíquias	1921
A semana – 3 volumes	1914, 1937
Páginas escolhidas	1921
Novas relíquias	1932
Crônicas	1937
Contos fluminenses – 2 volumes	1937
Crítica literária	1937
Crítica teatral	1937
Histórias românticas	1937
Páginas esquecidas	1939
Casa velha	1944
Diálogos de reflexões de um relojoeiro	1956
Crônicas de Lelio	1958

(Fonte: Série Bom Livro – Ed. Ática, 1995)

Bibliografia

1. BOSI, Alfredo e outros. *Machado de Assis*. São Paulo, Ática, 1982.

2. PEREIRA, Lucia Miguel. *Machado de Assis – Estudo crítico e biográfico*. São Paulo, Edusp, Itatiaia, 1988, 6ª edição.

3. MAGALHÃES Jr., Raimundo. *Vida e obra de Machado de Assis*. São Paulo, Civilização Brasileira, 1981.

4. FONSECA, Gondin da. *Machado de Assis e o hipopótamo*. Rio de Janeiro, Ediouro, 1968.

5. CASTELLO, José Aderaldo. *Realidade e ilusão em Machado de Assis*. São Paulo, Companhia Editora Nacional – Editora da USP, 1969.

6. COSTA, Pedro P. da Silva. *Machado de Assis*. São Paulo, Editora Três, 1974.

7. CAMPEDELLI, Samira Youssef. *Machado de Assis*. São Paulo, Scipione, 1995.

8. LAJOLO, Marisa. *Machado de Assis*. São Paulo, Abril Educação, 1980.

9. TEIXEIRA, Ivan. *Apresentação de Machado de Assis*. São Paulo, Martins Fontes, 1987.

10. TÁTI, Miécio. *O mundo de Machado de Assis (o Rio de Janeiro na obra de Machado de Assis)*. Rio de Janeiro, Prefeitura do Rio de Janeiro, SMC, Departamento Geral de Documentação e Informação Cultural, Divisão de Editoração, 1995.

11. GLEDSON, John. *Ficção e História – Machado de Assis*. Tradução de Sonia Coutinho. Rio de Janeiro, Paz e Terra, 1986.

12. COUTINHO, Afrânio. *Machado de Assis na literatura brasileira*. Rio de Janeiro, Livraria São José, 1960.

13. GRIECO, Agrippino. *Viagem em torno a Machado de Assis*. São Paulo, Livraria Martins Editora, 1969.

14. JACQUES, Alfredo. *Machado de Assis – Equívocos da crítica*. Porto Alegre, Editora Movimento, 1974.

15. CASTRO, Walter de. *Metáforas machadianas*. Rio de Janeiro, Ao Livro Técnico - MEC, 1977.

16. MASSA, Jean Michel. *A juventude de Machado de Assis*. Rio de Janeiro, Civilização Brasileira, 1971.

17. CLARET, Martin. *Machado de Assis – Vida e pensamentos*. São Paulo, Martin Claret Editora, 1996.

18. CASTELLO, José Aderaldo. *Machado de Assis – Crítica*. Rio de Janeiro, Agir, 1963.

19. SOUSA, José Galante de. *Machado de Assis e outros estudos*. Rio de Janeiro, Cátedra, 1979.

20. Revista Ilustração Brasileira – Edição Comemorativa do Cinquentenário da Fundação da Academia Brasileira de Letras – 15 de dezembro de 1946.

A autora

Nasci em São Paulo, neta de portugueses e italianos. Tive uma infância muito feliz, com meus pais e minha irmã. Morava numa casa bonita, com quintal, onde gostava de andar de triciclo, uma bicicleta com três rodas. Era muito legal! Com minhas amigas brincava de roda, pegador, pipa, casinha. Gostava também de ler os livros de Monteiro Lobato. Nas férias viajava sempre para a praia, em Santos. Estudei no Grupo Escolar e no Ginásio Estadual de meu bairro. Depois, fui para um colégio de freiras, onde me formei professora primária. Um ano antes, havia me formado professora de piano, que estudei desde os seis anos de idade.

O tempo passou e, depois de formada, fiz faculdade e fui trabalhar como professora e depois como pedagoga. Bem, hoje estou casada com o Francisco e tenho duas filhas, Tatiane e Priscila. Gosto de passear e viajar com eles, principalmente se for para a Disney! Adoro tomar sorvete de creme crocante, comer pipoca e o macarrão da "mamma". Adoro ler e descobrir coisas legais... Para isso, navego na internet, vou a livrarias e bibliotecas. Adoro escrever para as pessoas, porque acredito que dessa maneira minha vida tem um significado maior.

Nereide

Este livro foi impresso, em segunda edição,
em janeiro de 2015, em offset 120 g/m²,
com capa em cartão 230 g/m².